13 MAI 1886

110

13 Mai 86

6

V

Succession VALLÉE

Vente les Jeudi 13, Vendredi 14 et Samedi 15 Mai 1886

42, RUE DE DOUAI, 42

BEAU MOBILIER

ANCIEN ET DE STYLE

OBJETS D'ART ET DE CURIOSITÉ

TABLEAUX, TAPISSERIES

EXPOSITIONS

PARTICULIÈRE	PUBLIQUE
Le Mardi 11 Mai 1886	Le Mercredi 12 Mai 1886

DE UNE HEURE A CINQ HEURES

COMMISSAIRES-PRISEURS :

Me ESCRIBE	Me E. GIRARD
rue de Hanovre, 6	rue Notre-Dame-de-Lorette, 18

EXPERT :

M. A. BLOCHE, rue Chauchat, 23

PARIS — 1886

IMPRIMERIE
Vᵉ RENOU ET MAULDE
144, Rue de Rivoli, 144
PARIS

CATALOGUE

DE

BEAU MOBILIER

ANCIEN ET DE STYLE

MEUBLES EN BOIS SCULPTÉ

DU XVIe SIÈCLE

SALONS LOUIS XIV ET LOUIS XVI EN BOIS DORÉ

Chambres à coucher du 1er Empire

OBJETS D'ART ET DE CURIOSITÉ

Armes, Bronzes, Faïences, Porcelaines, Marbres

TABLEAUX

Anciennes Tapisseries, Tentures, Rideaux

DÉPENDANT

De la Succession de M. VALLÉE

LE TOUT GARNISSANT SON HOTEL

OU LA VENTE AURA LIEU

RUE DE DOUAI, N° 42

Les Jeudi 13, Vendredi 14 et Samedi 15 Mai 1886

A DEUX HEURES

COMMISSAIRES-PRISEURS :

Me ESCRIBE	Me E. GIRARD
rue de Hanovre, 6	rue Notre-Dame-de-Lorette, 18

EXPERT :

M. A. BLOCHE, rue Chauchat, 23

CHEZ LESQUELS SE DISTRIBUE LE PRÉSENT CATALOGUE

EXPOSITIONS

PARTICULIÈRE	PUBLIQUE
Le Mardi 11 Mai 1886	Le Mercredi 12 Mai 1886

DE UNE HEURE A CINQ HEURES

PARIS — 1886

CONDITIONS DE LA VENTE

Elle sera faite au comptant.

Les Acquéreurs paieront, en sus des adjudications, CINQ CENTIMES PAR FRANC applicables aux frais.

Aucune réclamation ne sera admise une fois l'adjudication prononcée.

DÉSIGNATION

VESTIBULE

1 — Belle Chaise à porteurs, décorée de blasons portés par des Amours, d'écussons et de rinceaux en couleur et à rehauts d'or sur fond vert et fond blanc ; l'intérieur garni de damas rouge avec franges. Époque Louis XV.

2 — Stalle gothique en bois sculpté, décor à ogives fleuronnées, avec fronton découpé à jour.

3 — Stalle gothique en bois sculpté, décor ogival, avec fronton à jour.

4 — Table rectangulaire en palissandre, ornée de moulures guillochées, avec pieds et traverses tors, époque Louis XIII.

5 — Grande Armoire à deux portes en bois sculpté, décorée de guirlandes, de fruits, de fleurs et de feuillages, avec têtes de chérubins au fronton et aux angles. Travail flamand, époque Louis XIII.

6 — Deux Panneaux en bois sculpté, offrant en haut-relief des scènes du Nouveau Testament. Portent la date 1716.

7 — Lustre à gaz, à 6 lumières, en bronze doré et nickelé.

8 — Petite Console-Support, formée par une tête allégorique de Diane, en bois sculpté, style Louis XIII.

9 — Grand Coffre en bois sculpté et marqueté, décor à personnages et ornements, époque Louis XIII.

10 — Quatre grandes Chaises en bois sculpté, couvertes en cuir, du XVIIe siècle.

11 — Grand Coffre en bois sculpté, offrant sur la façade un autel enguirlandé de fleurs, de figures d'amours et de grands enroulements feuillagés. Travail partie du XVIIe siècle.

12 — Deux grands Fauteuils en bois sculpté, couverts en imitation de tapisserie fond rouge à branchages : un de l'époque Louis XIII et l'autre de même style.

13 — Deux Chaises à hauts dossiers à frontons sculptés à jour, couvertes en moquette à fleurs.

14 — Table à ouvrage en marqueterie de bois rose et palissandre, ornée de bronze doré, style Louis XV.

15 — Glace en deux parties, avec cadre doré.

16 — Paire de Bras d'applique, à 2 lumières, en bronze, époque Louis XVI.

17 — Deux petites Consoles d'applique en bois noir.

18 — Statuette de Reine en terre cuite patinée.

19 — Paire de Bois de cerf.

20 — Aigle et Vautour naturalisés, posés sur un perchoir d'applique.

21 — **Scheffer** (Cornélius). Les Désespérés. Dessin daté 1845 et signé.

22 — Panoplie composée d'un grand Ceinturon oriental, deux Fusils, quatre Pistolets, quatre Flèches et Javelots et deux Couteaux.

23 — Panoplie composée d'un Mors, deux Éperons avec étriers, deux grands Fusils abyssiniens, deux Fourreaux de sabre courbe, deux Haches, une Masse d'armes, une Lance, une Fourche, deux Fouets et deux Flèches.

24 — Épée avec garde en cuivre et poignée en nacre.

25 — Panoplie composée d'une Arbalète, de Masse d'arme, de Javelots et autres Armes sauvages.

26 — Baromètre en bois sculpté, partie dorée, époque Louis XVI.

27 — Aiguière avec bassin en cuivre gravé, d'Orient.

28 — Jardinière en cuivre gravé et étamé, d'Orient.

29 — Socle en bois sculpté de la Chine.

30 — Deux grosses Potiches, avec couvercles en vieux Chine, décor à fleurs et arabesques en bleu.

31 — Bouquetière, forme commode, en faïence de Montpellier.

32 — Deux Bouquetières en vieux Rouen, décor bleu à lambrequins et guirlandes.

33 — Six Bols avec Soucoupes en vieux Japon polychrome.

34 — Deux Sucriers de la Chine, décor à personnages.

35 — Boite à thé et Théière en vieux Japon polychrome.

36 — Grand Plateau en cuivre gravé, d'Orient.

37 — Deux Châssis de croisée, composés de vitraux représentant des paysages et des scènes d'intérieur en grisaille, fond en couleur.

38 — Quatorze Patères en bois de chêne.

ESCALIER

39 — Tapis fond rouge à bordure de couleur, pour cinquante-quatre marches et deux paliers.

40 — Joli Panneau en tapisserie, représentant les musiciens champêtres ; scène à trois petits personnages au milieu d'un paysage très accidenté en perspective. Porte, dans le bas, la signature : *la veuve de G. W. L. F.*, avec écusson fleurdelisé du XVIIIe siècle. Encadré d'une bordure au point, fond havane à fleurs et ornements. Monté dans un cadre en bois noir.

41 — Beau Prie-Dieu, formant bureau, en noyer sculpté, surmonté d'un baldaquin, orné au fond d'un christ en ivoire, époque Louis XIV.

42 — Panoplie composée d'un Tromblon, d'un Fusil, de deux Poudrières, deux Étriers, deux grands Fusils, deux Sabres, une Claymore, une Arbalète, une Épée avec garde en fer, Corbeille dorée, Flèches, Javelots et Bouclier (Sera divisé).

43 — Panoplie composée de deux Fusils, dont un incrusté d'ivoire, deux Étriers, deux Pistolets, deux grands Fusils albanais, deux Épées de Cour, deux Épées de parade, deux Masses d'armes, deux Poires à poudre, une Arbalète, un Bouclier, Flèches et Javelots.

44 — Plat en faïence hispano-arabe, décor à reflets métalliques imbriqué de bleu, du XVIe siècle. Encadré.

45 — Lanterne en cuivre, époque Louis XIII.

46 — Petite Cage en cuivre, époque Louis XVI.

47 — Cruchon en faïence italienne, décor à écusson.

48 — Deux Potiches en faïence d'Urbino, décor médaillon à buste de personnage, rosaces et arabesques, du XVIe siècle.

49 — Statuette en bronze : une Muse.

50 — Peinture sous verre, représentant les dieux et les déesses de l'Olympe. Cadre en bois noir du XVIIIe siècle.

51 — Deux Galeries, avec fronton à armoiries, en bois sculpté.

52 — Quatre Patères à têtes de lion en bois sculpté.

53 — Tableau en broderie, formant reliquaire, du xvie siècle. Cadre en bois noir.

54 — Tableau en broderie, représentant saint Jérôme, du xviie siècle. Cadre en bois noir.

55 — Bas-Relief en cuivre ciselé et découpé sur fond lapis, représentant la Fuite en Egypte. Cadre en bois noir guilloché du xviie siècle.

56 — Bas-Relief, représentant la Descente de Croix. Composition de nombreuses figures, sculpture sur albâtre du xvie siècle. Cadre en bois noir.

57 — Tableau en broderie du temps de Louis XIII. Cadre en bois noir.

58 — Fronton d'autel en bois sculpté, d'aspect architectural, avec niche renfermant le groupe de la Vierge et de l'Enfant, époque Louis XIII.

59 — Grand et beau Panneau en broderie, partie point de Hongrie, partie au passé, représentant Abraham accueillant ses enfants. Encadré de superbes rinceaux, de mascarons, de chutes de fruits. Travail intéressant de la fin du xvie siècle. Dans un cadre en palissandre à fond de velours.

60 — Deux Plats en faïence italienne, décor à personnages. Encadrés.

61 — Coupe en faïence de Moustiers, décor à armoiries et lambrequins en bleu.

62 — Deux Vases de pharmacie en faïence des Abruzzes, avec anses forme dauphins, décor polychrome, xvie siècle.

63 — Plat rond à ombilic, encadré.

64 — Deux Cornets en faïence de Castel-Durante, décorés de figures d'évêques et de fleurs, XVIe siècle.

65 — Grand Panneau en tapisserie représentant l'Enlèvement d'Europe, scène à petits personnages au milieu d'un paysage, avec vue de ville en perspective. Bordure à guirlandes de fleurs, oiseaux et ornements, XVIe siècle. Cadre en bois noir.

66 — Joli Meuble en bois sculpté, orné de figures d'enfants et de groupes se détachant en ronde-bosse, intérieur d'aspect monumental garni de tiroirs et forme cabinet, fin du XVIe siècle. Posé sur une console de même style.

67 — Rouet en bois, du XVIIe siècle.

68 — Beau Marteau de porte en fer forgé, représentant deux serpents sur un cartouche à feuillages, monté sur un encadrement en bois.

69 — Curieux Plat en faïence de Padoue, décor fond jaune à ornements en vert et brun, XVIe siècle. Encadré.

70 — Plat en vieux Japon, décor polychrome, à rehauts d'or. Encadré.

71 — Fontaine avec son bassin en faïence de Marseille, décor à guirlandes de fleurs, et mascarons en camaïeu rose avec console-support en bois.

72 — Statuette représentant Jean-Jacques Rousseau en bronze, socle en marbre.

73 — Lanterne en cuivre repoussé, partie polie, partie noircie, époque Louis XIII.

74 — Lustre flamand, à 8 lumières, en cuivre poli.

75 — Quatre Châssis de croisées garnis de beaux vitraux anciens à sujets allégoriques et armoiries.

PREMIER ÉTAGE

ANTICHAMBRE

76 — Tapisserie de Bruxelles, représentant une scène biblique, avec bordure de composition architecturale, à colonnades et guirlandes de fleurs et de fruits, XVIIe siècle.

77 — Six Chaises en bois sculpté, couvertes en cuir, genre Cordoue.

78 — Suspension à gaz en bronze nickelé.

SALLE A MANGER

79 — Grand et beau Buffet en noyer sculpté, à côtés cintrés et à consoles, s'ouvrant dans le bas à quatre battants, décoré de trophées de natures mortes, de fruits et de fleurs, avec montants à

cariatides de femmes (Allégorie de l'Eté et de l'Automne). Le haut s'ouvre à deux portes vitrées; sur des ornements de console de chaque côté, se détachent des statuettes d'enfants en ronde-bosse (Allégorie de la Pêche et de la Chasse), surmonté d'un fronton porté par des Amours et représentant une tête de sanglier dans une niche.

80 — Douze Chaises en acajou, couvertes en moleskine.

81 — Grande Table à rallonges en noyer sculpté, supportée par des groupes équestres : Enfants sur des chiens courant.

82 — Joli Meuble en noyer sculpté, du XVIe siècle, très richement décoré de sujets en haut-relief représentant, sur les côtés et sur la façade, des scènes allégoriques à nombreuses figures et animaux.

83 — Suspension, à 30 lumières, en bronze.

84 — Très belle Pendule en marqueterie de cuivre, sur fond d'écaille de l'Inde, d'aspect monumental, posant sur un socle à tablier. Elle est richement ornée de bronzes dorés et supportée par quatre sphinxs, ornée sur les côtés de cariatides de femmes, et, sur le devant, d'un groupe d'Amours, et d'un haut-relief « le Char de Phaéton », avec la statuette de Diane chasseresse couronnant le fronton. Le cadran est signé : *Ducoroy, à Paris*.

85 — Paire de Flambeaux en bronze poli, forme colonne cannelée, style Renaissance.

86 — Paire de Vases en faïence de Savone, décor à sujets mythologiques en camaïeu bleu, avec anses à têtes chimériques et mascarons.

87 — Paire de grands Chenets en fer et bronze poli, représentant des Dauphins enroulés autour d'un trident, ornés de fleurs de lys, et surmontés de boules côtelées avec pommeaux et groupes de masques, style Renaissance.

88 — Deux Appliques, à 6 lumières, en bronze nickelé.

89 — Grand Cartel en bronze, partie dorée, style Louis XVI. Cadran signé : *Tavernier, à Paris.*

90 — Baromètre-Thermomètre en bois sculpté et doré, style Louis XVI.

91 — Statuette de Faunesse couchée, en marbre.

92 — Grande Soupière avec couvercle et plateau en faïence française, décor en grisaille.

93 — Jardinière en porcelaine de Tournay, fond bleu turquoise, avec médaillons représentant Vénus sur l'onde, monture en bronze doré.

94 — Paire de Candélabres en porcelaine de Tournay, fond bleu turquoise, avec médaillons à sujets champêtres, montures en bronze doré et bouquets à 4 lumières.

95 — Six Pièces de service de Sèvres, décor de rehauts d'or au chiffre de Louis-Philippe.

96 — Deux Légumiers dans le même goût.

97 — Trois jolis Groupes en biscuit de Sèvres, sujets mythologiques.

98 — Vingt-deux Assiettes en porcelaine variée, décor de fantaisie.

99 — Six anciens Flacons en verre, rehaussés d'or.

100 — Service de table en porcelaine blanche, décor à rehauts d'or.

101 — Service à dessert, décor à fleurs et rehauts d'or.

102 — Surtout-de-Table, avec pied en bronze doré.

103 — Nombreuses Tasses et Soucoupes à thé et à café.

104 — Cinq Réchauds en plaqué.

105 — Service en cristal gravé et taillé pour dix-huit couverts.

106 — Deux Bouts-de-Table et quatre Salières argentés.

107 — Verrière de Sèvres, décor à fleurs.

108 — Théière de l'Inde, décor à fleurs.

109 — Vase en porcelaine à la reine, décor à médaillons d'oiseaux.

TABLEAUX

COYPEL

110 — *Le Jugement de Pâris.*

Très beau Tableau.

Cadre en bois sculpté et doré ancien.

VANLOO (J.-B.)

111 — *Daphnée, poursuivie par Apollon, transformée en laurier.*

Jolie composition allégorique.

GRAND SALON

112 — Bel Ameublement en bois sculpté et doré, couvert de tapisseries fond vert d'eau, à trophées de musique et bouquets de fleurs enrubannés, style Louis XIV, se composant d'un Canapé, quatre Fauteuils et six Chaises avec médaillons en grisaille encadrés de fleurs.

113 — Deux Tabourets en bois laqué blanc, couverts en tapisserie vert d'eau.

114 — Belle Table de milieu en bois sculpté et doré, forme Louis XIV.

115 — Console en bois sculpté et doré, dessus de marbre veiné, style Louis XIV.

116 — Deux Tables à jeu en bois noir et marqueterie, style de Boule, ornées de bronze doré.

117 — Jolie Harpe en bois finement sculpté et doré, décor en couleurs et partie laquée en relief sur fond d'or, représentant des sujets chinois, des trophées de musique et des couronnes de fleurs, époque Louis XVI.

118 — Grand et beau Lustre en bronze doré, à 36 lumières, orné de plaquettes en cristal taillé style Louis XIV.

119 — Quatre Bras d'applique, à 6 lumières, en bronze doré, ornés de plaquettes en cristal taillé, style Louis XIV.

120 — Très belle Garniture de cheminée en bronze ciselé et doré. La pendule est surmontée d'un bronze patine noire, représentant le *Triomphe d'une bacchante.* Les candélabres sont formés de statuettes de Satyre et de Bacchante, portant des bouquets à 8 lumières, sujets d'après *Clodion*, sortant des ateliers de la maison *Denière.*

121 — Paire de Flambeaux en bronze doré, style Renaissance.

122 — Paire de grands Chenets en bronze doré et argenté, semé de fleurs de lys, style Renaissance.

123 — Coffret à dos bombé en ancienne laque, décor à rehauts d'or et d'incrustations de burgau.

124 — Beau Buste en marbre blanc : *la Bacchante* de Clésinger (signé).

123 — Statuette en marbre blanc : *la petite Charmeuse d'oiseaux*, par G. Halse (signé).

126 — Deux Gaines en marbre de couleur, avec moulures en marbre noir.

127 — Grande Potiche en porcelaine, riche décor polychrome, genre japonais, à chimères, oiseaux, fleurs et lambrequins, monture en bronze doré.

TABLEAUX

VANLOO (Carl)

128 — *Pour les Épingles de la mariée.*

Joli tableau.

Signé à droite et daté.

BERGHEM (Attribué à)

129 — *Avant le déluge.*

Intéressante composition.

DEUXIÈME SALON

130 — Bel Ameublement en bois sculpté et doré, composé d'un Canapé, deux Bergères et quatre Fauteuils, couverts en damas de soie rouge, dessin Louis XVI.

131 — Deux Fauteuils Louis XVI en bois doré, couverts en satin noir broché à fleurs et capitonnés.

132 — Six Chaises volantes en bois laqué, couvertes en damas de soie rouge, capitonnées.

133 — Pouf en tapisserie, garni de grandes franges.

134 — Belle Table de milieu en bois sculpté, bandeau à jour et doré, dessus en marbre brèche des Pyrénées, style Louis XVI.

135 — Deux beaux Meubles d'appui, à côtés cintrés, en marqueterie de bois, avec médaillons peintures, sujets d'après Watteau, richement ornés de bronze ciselé et doré, dessus en marbre, style Louis XVI.

136 — Petite Table en marqueterie ornée de cuivre, style Louis XVI.

137 — Lustre en bronze doré, à 18 lumières, modèle à rinceaux feuillagés avec cariatides de petits faunes sonnant de la trompe, style Louis XVI.

138 — Deux paires de Bras d'applique à 5 lumières, même modèle.

139 — Jolie Pendule en bronze doré du temps de Louis XVI, modèle dit *Liseuses*, orné de bas-reliefs allégoriques et surmontée d'un aigle aux ailes éployées.

140 — Paire de Candélabres à statuettes de nymphes en bronze doré, d'après Falconet, portant des bouquets de fleurs à 6 lumières.

141 — Paire de Flambeaux formés de figures d'enfants en bronze doré.

142 — Belle Cassolette avec couvercle et deux grands Cornets en porcelaine richement décorée polychrome et rehauts d'or, genre Japon, avec monture en bronze doré.

143 — Paire de Chenets en bronze doré, modèle brûle-parfums, style Louis XVI.

144 — Deux Coffrets en cristal taillé, montés en bronze doré de l'Empire.

145 — Sept Tasses en porcelaines diverses, décors variés.

146 — Chimère en terre émaillée du Japon.

TABLEAUX

ÉCOLE DU XVIIIe SIÈCLE

147 — *Empereur et Impératrice d'Autriche.*

Deux beaux Portraits. Ils sont représentés en costume de cour, tenant leur sceptre et s'appuyant sur leur couronne.

Dans de magnifiques cadres en bois sculpté et doré, à fronton avec aigle d'Autriche, surmontés de la couronne impériale, et offrant tout autour des trophées symboliques.

ÉCOLE FRANÇAISE

148 — *Portrait de jeune fille tenant des fleurs à la main et coiffée d'un élégant chapeau de paille.*

DEUXIÈME ÉTAGE

ANTICHAMBRE

149 — Commode, de forme très bombée, en bois sculpté, époque Louis XIV.

150 — Deux Jardinières en vieux Sèvres, décor fond blanc à rehauts d'or, avec montures en bronze doré, époque Louis XVI.

151 — Jardinière en porcelaine de Monginot, décor fond bleu et fond vert, à bouquets de fleurs et rehauts d'or.

152 — Jardinière en faïence de Montpellier, décor de fleurs.

SALON BIBLIOTHÈQUE

153 — Suspension à gaz, en bronze nickelé.

154 — Grand et beau Meuble-Bibliothèque, s'ouvrant à quatre portes dans le haut et quatre portes dans le bas, en bois de palissandre, avec tirants à tablettes d'appui.

155 — Canapé, deux grands Fauteuils, deux petits Fauteuils, et une Chaise recouverts en cuir brun, capitonnés.

156 — Grande Table-Guéridon en bois des iles sculpté. Travail indien.

157 — Beau Meuble-Cabinet, dit Contadore, en marqueterie de bois et d'ivoire, avec garniture en cuivre repercé.

158 — Bureau formant cabinet, en marqueterie de bois, décor à sujets, fleurs et ornements, époque Louis XIV.

159 — Console en palissandre sculpté, dessus en marbre brocatel.

160 — Deux Tables à jeu en palissandre sculpté.

161 — Chaise tournante en palissandre, dessus en moleskine.

162 — Chaise en noyer, couverte en tapisserie.

163 — Servante en noyer.

164 — Belle Glace biseautée, avec cadre à fronton, ornée de moulures, de figures, de renommée et d'armoiries en bronze, époque Louis XIV.

165 — Grande et belle Glace biseautée, avec encadrement doré à fond de glace, style Louis XIV.

166 — Lustre à 18 lumières, en bronze, orné de cristaux, style Louis XVI.

167 — Pendule en bronze doré, forme Louis XIV, offrant sur le devant un bas-relief : *le Char de Phaéton.*

168 — Paire de Girandoles, à 6 lumières, en bronze doré, ornées de cristaux, style Louis XVI.

169 — Deux Flambeaux en cuivre gravé, style persan.

170 — Paire de Flambeaux, en bronze, à figures de satyre et de faunesse, style Renaissance.

171 — Paire de Chenets en bronze doré, représentant des dragons ailés sur des rocailles style Régence.

172 — Deux paires d'Appliques, à 2 lumières, en bronze doré, style Louis XII.

173 — Deux Cornets en faïence d'Urbino, décor à personnages et ornements du XVIe siècle.

174 — Coupe à piédouche en faïence d'Urbino, représentant la plaie des serpents, du XVIIe siècle. Encadrée.

175 — Coupe en faïence d'Urbino, représentant Joseph vendu par ses frères, XIIIe siècle.

176 — Plat en faïence de Castelli, représentant un sujet de chasse, avec bordures à arabesques, figures et oiseaux, XVIIe siècle. Encadré.

177 — Plat en faïence de la Frata, décor à sujets allégoriques, en bleu, XVIIe siècle. Encadré.

178 — Plat en porcelaine de Chine, décor à rosace, entouré de personnages se promenant dans un paysage. Cadre en bois noir.

179 — Plat du Japon, décor polychrome, à rehauts d'or. Cadre en bois noir.

180 — Plaque de Castelli, représentant Judith, XVIIe siècle. Encadré.

181 — Petit Plat en faïence d'Urbino, joli decor à sujets de chasse, XVIe siècle. Encadré.

182 — Plaque en faïence de Castelli, beau décor représentant une chasse au sanglier, XVIIe siècle. Encadré.

183 — Plaque en faïence d'Urbino, représentant la Vierge et l'Enfant, XVIe siècle. Encadré.

184 — Plat en vieux Chine de la famille Verte, décor à personnages.

185 — Plat en faïence des Abruzzes, décor à personnages.

186 — Coupe à bossages, avec oiseaux au centre; décor représentant une fleur, faïence de Caffagiolo, XVIe siècle. Encadré.

187 — Plaque, décor en relief, au chiffre du Christ. Attribué à *Lucca della Robbia*. Encadré.

188 — Petit Plat de Delft, décor au chinois, en polychrome. Encadré.

189 — Petit Plat de Delft, à décor bleu.

190 — Deux Assiettes en faïence, décor à l'aigle.

191 — Plat en faïence de la Frata, décor à sujet mythologique en bl. u. Encadré.

192 — Plat de Milan, décor paysage en polychrome. Encadré.

193 — Plat du Japon, décor à fleurs et feuillages et à médaillon, en polychrome rehaussé d'or.

194 — Plat en faïence de Montpellier, décor à corbeilles et oiseaux. Encadré.

195 — Plat en faïence d'Urbino, décor à personnages et figures d'anges, XVIe siècle. Encadré.

196 — Plat en faïence d'Urbino, représentant le buisson ardent, XVIe siècle. Encadré.

197 — Deux Buires de pharmacie en faïence de Castel-Durante, fond bleu, à fruits et banderoles, XVIe siècle.

ARMES

198 — Panoplie, composée d'un Casque à visière grillée, deux Gantelets, un Hausse-col, deux Épées de parade, deux Épées de cour, une Arbalète, deux Dagues, trois Poudrières, deux Éperons, deux Étriers, deux Poignards, deux Fourreaux et deux Pistolets à double détente. Armes pour la plupart anciennes, des XVIe et XVIIe siècles (Sera divisé).

199 — Panoplie, composée d'un Fusil incrusté de nacre, un Bouclier en peau et rehaussé d'or, deux Brassarts garnis de cuir, une Poudrière, huit Poignards, une Fourche, deux Haches orientales, deux Masses d'armes, deux Sabres japonais et deux Pistolets incrustés d'argent, Armes anciennes, pour la plus grande partie. (Sera divivisé).

200 — Panoplie, composée d'un beau Casque avec Bouclier, Brassart en fer damasquiné d'or, travail persan, quatre Pistolets, deux Haches, deux Massues, deux Poignards, deux Sabres courbes, deux Flissahs, deux Sabres algériens, deux Étriers, deux Amorçoires, deux Éperons, un Katarhe, une Plaquette incrustée, Armes anciennes en majeure partie. (Sera divisé).

201 — Panoplie, composée de deux Épées de parade, neuf Épées de cour, huit Poignards, quatre Pistolets, cinq Poudrières, une Corne d'appel, deux Étriers, une Masse d'armes, deux Éperons, Armes anciennes. (Sera divisé).

PREMIÈRE CHAMBRE A COUCHER

202 — Beau Lit en bois d'acajou, orné de bronze ciselé et doré, appliques à figures de Sirènes et ornements, époque Empire.

203 — Table de nuit en bois d'acajou, ornée de bronze doré, avec bas-reliefs représentant le Char d'Apollon et une figure de nymphe.

204 — Jolie Commode s'ouvrant à deux portes, intérieur disposé à l'anglaise, en acajou moucheté, ornée de bronze doré, dessus en marbre, époque Empire.

205 — Beau Secrétaire en acajou satiné, richement orné de bronze doré, époque Empire.

206 — Belle Psyché en acajou, ornée de bronze doré, époque Empire.

207 — Canapé et deux Fauteuils en acajou, ornés de bronze doré, couverts en reps vert, époque Empire.

208 — Grand Fauteuil recouvert en laine verte, capitonné, bois d'acajou, orné de bronze doré, époque Empire.

209 — Fauteuil en bois doré, couvert en laine verte.

210 — Toilette-Duchesse en palissandre sculpté, dessus en marbre blanc.

211 — Meuble d'encoignure en acajou sculpté.

212 — Petite Commode en bois rose et palissandre, ornée de bronze doré, dessus en marbre, époque Louis XVI.

213 — Guéridon en acajou et marqueterie de bois, époque Empire.

214 — Pendule en bronze, partie dorée, modèle dit *Liseuses*, avec cadran signé : *Minet, Paris*.

215 — Paire de Candélabres en bronze, partie dorée, forme sphinx, avec bouquets à 4 lumières, époque Empire.

216 — Paire de Cassolettes en bronze, partie dorée, époque Empire.

217 — Deux Chenets en bronze, forme Sphinx, époque Empire.

218 — Galerie de foyer en bronze.

219 — Deux Lampadaires en bronze vert, style Campana.

220 — Paire de Lampes en bronze, avec ronde d'enfants en bas-relief.

221 — Cave à liqueurs en marqueterie genre de *Boule*, avec verres et flacons, décor bleu et brun.

222 — Verre d'eau en cristal taillé, avec plateau à fond de glace, monté en bronze.

223 — Deux Flambeaux, forme vases en marbre, montés en bronze, à bouquets de lys, époque Louis XVI.

224 — Encrier en bronze, avec chien.

225 — Coffret en laque rouge, décor à rehauts d'or.

TABLEAUX

PRIMATICE (Attribué au)

226 — *La Chaste Suzanne et les deux Vieillards.*

BREUGHEL (dit de Velours)

227 — *Paysage montagneux. — Vues de villes en ruines animées de figures et d'animaux.*

Deux pendants.

CULVERHOUSE

228 — *Les Patineurs.*

Deux pendants.

LAIRESSE

229 — *La Grotte des Amours.*

RAOUX (Attribué à)

230 — *Intérieur de Palais avec nombreuses figures.*

FORT

231 — *Chevaux à l'écurie.*

232 — *Chevaux de trait.*

VERTANGEN

233 — *Bacchanale.*

NAULET

234 — *La Caverne des brigands.*

FRANCK

235 — *La Sainte Famille.*

ECOLE ITALIENNE

236 — *L'Adoration des rois mages.*

Peinture sur verre.

VOLLIER

237 — *La Toilette de bal.*

MONTJOIE

238 — *Les Bohémiens.*

THOMPSON

239 — *La Mort d'un roi.*

ECOLE ITALIENNE

240 — *Petit Tableau en broderie, Louis XII.*

MINIATURES

241 — Jolie Miniature ovale sur ivoire : Portrait de femme de l'Empire, se drapant dans une gaze.

242 — Miniature ovale sur ivoire : Portrait de jeune fille coiffée à la Titus.

243 — Miniature ronde sur ivoire, représentant une salle dans le temple de la Justice, époque Louis XVI.

244 — Deux petites Miniatures ovales sur ivoire : Portrait de femme du temps de Louis XVI et Portrait d'homme même époque.

245 — Miniature rectangulaire sur ivoire : jeune Femme nue se cachant dans un manteau de fourrure.

246 — Miniature ovale sur ivoire : Baigneuse. École anglaise.

247 — Miniature ovale sur ivoire : Portrait de femme, époque de la Révolution.

DEUXIÈME CHAMBRE A COUCHER

248 — Grand Lit de milieu en bois rose, thuya et palissandre sculpté, à cariatide d'enfants sur les côtés, avec baldaquin garni de rideaux et draperies en damas de soie rouge.

249 — Table de nuit analogue.

250 — Canapé en bois noir, recouvert de damas de soie rouge capitonnée.

251 — Deux grands Fauteuils en palissandre et damas de soie rouge.

252 — Deux Fauteuils et quatre Chaises en palissandre sculpté, couverts en damas de soie rouge capitonnée.

253 — Console à étagère en acajou, ornée de bronze, dessus en marbre blanc, époque Louis XVI.

254 — Petit Cabinet en bois noir marqueté d'ivoire, posé sur tablettes à console, style Louis XIII.

255 — Grand Coffre en bois sculpté et gravé, décoré de médaillons à sujets, avec entre-deux à personnages allégoriques, époque Louis XIII.

256 — Petite Commode à trois tiroirs en bois rose et palissandre, ornée de bronze doré, style Louis XV.

257 — Glace avec cadre à fronton en bois doré et glace, époque Louis XIV.

258 — Cabinet en bois noir, orné d'incrustations d'ivoire gravé, à sujets mythologiques, époque Louis XIII.

259 — Coffre oriental incrusté de nacre.

260 — Lustre à 6 lumières, en cuivre, orné de cristaux de roche, époque Louis XVI.

261 — Petite Pendule en marbre blanc et bronze doré, avec groupe allégorique de Flore et l'Amour, style Louis XVI.

262 — Deux Cassolettes, formant flambeaux, en marbre blanc et bronze doré, même style.

263 — Paire de Candélabres, à 2 lumières, en marbre blanc et bronze doré, même style.

264 — Christ en bronze doré sur croix en bois noir incrusté de cuivre, époque Louis XIV.

265 — Deux Chenets en bronze doré, décorés de mascarons et de fleurs de lys, style Louis XIII.

266 — Deux Plats en faïence italienne, décor de personnages.

267 — Deux Bouquetières de Rouen, décor polychrome.

268 — Vase de Chine, décor bleu et or, monture en bronze.

269 — Trois Jardinières en faïence

270 — Bougeoir, à 2 lumières, en bronze.

271 — Casier à musique en palissandre.

TABLEAUX

ECOLE ITALIENNE

272 — *Portrait de Raphaël.*

273 — *Portrait de Rembrandt.*

LOESCHIN

274 — *Le Château et le Parc de Bouffémont.*

275 — *Vue du Parc de Bouffémont.*

276 — *Cavaliers prussiens traversant le domaine de Bouffémont.*

BEAUFORT

277 — *La Vestale aux fleurs.*

278 — *La Cueillette des roses.*

Deux jolis petits tableaux se faisant pendants.

FRANCK

279 — *L'Adoration de l'Enfant Jésus.*

MAAS (Attribué à NICOLAS)

280 — *Portraits d'un Gentilhomme et d'une grande Dame dans un palais.*

ECOLE ITALIENNE

281 — *L'ensevelissement.*

Miniature sur vélin.

VAN BALEN

282 — *Flore et les Amours.*

BREUGHEL

283 — *Volatiles dans un paysage.*

DE HEEM

284 — *Corbeille de fleurs et oiseaux.*
Signé.

ECOLE ITALIENNE

285 — *Adam et Eve.*

ECOLE FLAMANDE

286 — *L'Enfer.*

CULVERHOUSE

287 — *Promenade en gondole au clair de lune.*

ECOLE MODERNE

288 — *Scène de festin.*

DE HEEM

289 — *Fruit, fleurs et nature morte.*

DROLLING (Attribué à)

290 — *Portez arme!*

TROISIÈME ÉTAGE

TROISIÈME CHAMBRE A COUCHER

291 — Ameublement de l'Empire en acajou orné de bronze, composé d'un Lit, une Armoire à glace, une Commode, un Secrétaire et une Table de nuit

292 — Grand Bureau cylindre Louis XVI en acajou, orné de cuivres.

293 — Pendule en marbre blanc avec figures allégoriques, époque Louis XVI.

294 — Pendule de voyage en bronze émaillé.

295 — Table, Chaises, Vitrine, Tabourets, Gravures et Tableaux. (Sera divisé).

QUATRIÈME CHAMBRE A COUCHER

296 — Ameublement en palissandre sculpté, composé d'un Lit avec sa literie, d'une Table de nuit, d'un Bureau formant vitrine.

297 — Armoire à glace en acajou.

298 — Commode en palissandre, ornée de bronze, dessus de marbre, style Louis XV.

299 — Bahut en noyer, renfermant un coffre-fort, style Louis XII.

300 — Toilette en palissandre.

301 — Encoignure en palissandre.

302 — Guéridons, Table, Servante, etc.

303 — Pendule en marbre noir, surmontée d'un lion en bronze doré.

CINQUIÈME CHAMBRE A COUCHER

304 — Vases en porcelaine, statues en plâtre.

305 — Lit, Toilette et Table de nuit en acajou.

306 — Commode Louis XVI en bois de rose et palissandre, ornée de bronze, dessus en marbre.

307 — Sièges, Meubles courants de chambres de domestiques.

308 — Objets divers.

309 — Tapis.

Vve Renou et Maulde, imprimeurs de la Compagnie des Commissaires-Priseurs, rue de Rivoli, 144. 500—08131

www.ingramcontent.com/pod-product-compliance
Ingram Content Group UK Ltd.
Pitfield, Milton Keynes, MK11 3LW, UK
UKHW021117290826
14628UKWH00014B/2601

9 782329 347622